AF357935

VENTE

DU

Samedi 7 Mars 1903

HOTEL DROUOT, SALLE N° 6

à deux heures 1/2

Collection de Mr J.-R. G...

TABLEAUX

Modernes et Anciens

COMMISSAIRE-PRISEUR

M° PAUL CHEVALLIER

EXPERT

M. JULES FÉRAL

Collection de Mr J.-R. G...

TABLEAUX

Modernes et Anciens

PARIS — IMPRIMERIE GEORGES PETIT

12, RUE GODOT-DE-MAUROI, 12

CATALOGUE

DE

TABLEAUX MODERNES

PAR

H. BARON, E. BAYARD, BERCHÈRE, F. DE BRACKELEER

CASANOVA D'ESTORACH, CHALONS, CHECA

DELAUNAY, DETTI, H. DUPRAY, DUVERGER, FALERO, FRÈRE, GÉLIBERT

HAQUETTE, B.-C. KOEKOEK, LENFANT DE METZ

LOBRICHON, MIRALLÈS, OMMEGANCK, PALIZZI, L. RICHET

SCHENCK, SCHREYER, TOULMOUCHE

TROUILLEBERT, VERBOEKHOVEN, ETC., ETC.

ET DE QUELQUES

TABLEAUX ANCIENS

COMPOSANT LA

Collection de Mr J.-R. G..

ET DONT LA VENTE AURA LIEU

HOTEL DROUOT, SALLE N° 6

Le Samedi 7 Mars 1903

à deux heures et demie

<table>
<tr><td>COMMISSAIRE-PRISEUR
Me PAUL CHEVALLIER
10, Rue Grange-Batelière.</td><td>EXPERT
M. JULES FÉRAL
54, Faubourg-Montmartre.</td></tr>
</table>

EXPOSITION PUBLIQUE

Le Vendredi 6 Mars 1903, de 1 h. 1/2 à 5 h. 1/2.

CONDITIONS DE LA VENTE

Elle sera faite au comptant.

Les acquéreurs payeront *dix pour cent* en sus des prix d'adjudication.

DÉSIGNATION

Tableaux Modernes

ANTIGNA

1 — *La Coquette.*

Signé à droite.

Toile. Haut., 41 cent.; larg., 32 cent.

BARON (H.)

2 — *Jeune femme à sa toilette.*

Signé à droite.

Bois. Haut., 47 cent.; larg., 31 cent.

BAYARD (Emile)

3 — *Préparatifs pour le bal.*

Signé à droite.

Bois. Haut., 41 cent.; larg., 28 cent.

BERCHÈRE

4 — *Vue d'Orient.*

Signé à droite.

Bois. Haut., 21 cent. ; larg., 27 cent.

BRACKELEER (F. de)

5 — *Les Musiciens ambulants.*

Signé à droite.

Bois. Haut., 67 cent.; larg., 55 cent.

BRUNET-HOUARD

6 — *Halte de dragons.*

Signé à droite.
A figuré au Salon.

Toile. Haut., 65 cent.; larg., 92 cent.

BURGAS

7 — *La Toilette du petit chien.*

Signé à droite.

Toile. Haut., 42 cent.; larg., 31 cent.

CASANOVA Y ESTORACH

8 — *Meeting féminin.*

> Signé à gauche.

> Bois. Haut., 55 cent.; larg., 81 cent.

CASANOVA Y ESTORACH

9 — *Le bon moine.*

> Signé à droite.
> A gauche, cachet de la vente.

> Toile. Haut., 48 cent.; larg., 65 cent.

CASANOVA Y ESTORACH

10 — *Les Gourmets.*

> Signé à droite.
> A gauche, cachet de la vente.

> Toile. Haut., 6o cent.; larg., 79 cent.

CASANOVA Y ESTORACH

11 — *La Main chaude.*

> Signé à droite.

> Toile. Haut., 27 cent.; larg., 46 cent.

CASANOVA Y ESTORACH

12 — *Les deux amis.*

A gauche, le cachet de la vente.

Toile. Haut., 42 cent.; larg., 32 cent.

CHALONS (L.)

13 — *La Belle au Bois dormant.*

Signé à gauche.

Toile. Haut., 46 cent.; larg., 62 cent.

CHARDEROY

14 — *Les petits favoris.*

Signé à droite.

Toile. Haut., 42 cent.; larg., 32 cent.

CHECA

15 — *La Fleuriste.*

Signé à droite.

Toile. Haut., 54 cent.; larg., 38 cent..

COOMANS (Joseph)

16 — *Intérieur pompéien.*

Signé à droite et daté : *1880*.

Bois. Haut., 34 cent.; larg., 47 cent.

CORBINEAU (Ch.)

17 — *La Femme au perroquet.*

Signé à gauche.

Toile. Haut., 65 cent.; larg., 45 cent.

CORDOVA (F.-P. de)

18 — *Le Repas en plein air.*

Signé à gauche.
A figuré au Salon.

Toile. Haut., 60 cent.; larg., 86 cent.

CONINCK (P. de)

19 — *La Bataille de fleurs.*

Signé à droite.

Toile. Haut., 41 cent.; larg., 32 cent.

2

CROEGAERT (G.)

20 — *La Lecture.*

    Signé à gauche.

        Bois. Haut., 35 cent.; larg., 26 cent.

DELAUNAY

21 — *Régiment de cuirassiers en marche.*

    Signé à droite.
    A figuré au Salon.

        Toile. Haut., 72 cent.; larg., 50 cent.

DELAUNAY

22 — *Batterie d'artillerie.*

    Signé à droite.

        Toile. Haut., 67 cent.; larg., 92 cent.

DELOBBE (A.)

23 — *La Marchande de fleurs.*

    Signé à gauche.

        Toile. Haut., 46 cent.; larg., 55 cent.

D'ENTRAYGUES

24 — *Les petits pêcheurs.*

Signé à droite et daté : *1889*.

Toile. Haut., 54 cent.; larg., 43 cent.

D'ENTRAYGUES

25 — *Enfants cueillant des fleurs.*

Signé à droite et daté : *1885*.

Toile. Haut., 56 cent.; larg., 46 cent.

D'ENTRAYGUES

26 — *Le Goûter.*

Signé à droite et daté : *1887*.

Toile. Haut., 54 cent; larg., 37 cent.

DETTI (C.)

27 — *La Fillette à la poupée.*

Signé à droite.

Toile. Haut., 40 cent.; larg., 25 cent.

DUPRAY (H.)

28 — *Dragons en avant-garde.*

Signé à gauche.

Toile. Haut., 40 cent.; larg., 29 cent.

DUPRAY (H.)

29 — *Cosaques en reconnaissance.*

Signé à droite.

Toile. Haut., 30 cent.; larg., 40 cent.

DUVERGER

30 — *La Table tournante.*

Signé à gauche.
A figuré au Salon.

Bois. Haut., 50 cent.; larg., 68 cent.

DUVERGER

31 — *Les petits musiciens.*

Signé à gauche.

Bois. Haut., 55 cent.; larg., 40 cent.

DUVERGER

32 — *Cour de ferme.*

Signé à gauche, et daté : *1871*.

Bois. Haut., 38 cent.; larg., 45 cent.

DUVERGER

33 — *La Pie apprivoisée.*

Signé à gauche.

Bois. Haut., 40 cent.; larg., 32 cent.

ENAULT (A.)

34 — *La Marchande d'oranges.*

Signé à gauche.

Toile. Haut., 45 cent.; larg., 25 cent.

FALERO

35 — *Les deux Ivresses.*

Deux compositions dans le même cadre.
Signées et datées : *1886*.
Ce tableau a été reproduit par le procédé
Goupil et Cie.

Toile. Haut., 49 cent. ; larg., 65 cent.

FRAIPONT (G.)

36 — *Le Marché aux fleurs.*

> Signé et daté : *1899.*
> Salon de 1899.

> Toile. Haut., 65 cent.; larg., 90 cent.

FRÈRE (Th.)

37 — *Village arabe.*

> Signé à droite.

> Bois. Haut., 32 cent.; larg., 23 cent.

FRERE (Ed.)

38 — *La Glissade.*

> Signé à gauche.

> Bois. Haut., 38 cent.; larg., 45 cent.

GARCIA-MENCIA

39 — *La Sérénade.*

> Signé à droite.

> Bois. Haut., 40 cent.; larg., 32 cent.

GAUDEFROY

40 — *La Barrière.*

Signé à gauche.

Toile. Haut., 54 cent.; larg., 64 cent.

GÉLIBERT (J.-B.)

41 — *Le Chenil.*

Signé à droite.

Toile. Haut., 34 cent.; larg., 41 cent.

HAAG

42 — *Le Guignol.*

Signé à gauche.

Toile. Haut., 45 cent.; larg., 38 cent.

HAQUETTE (G.)

43 — *Marine avec bateau de pêche.*

Signé à droite.

Toile. Haut., 5o cent.; larg., 64 cent.

KOEKOEK et VERBOEKHOVEN

44 — *Paysans se rendant au marché. Effet d'hiver.*

Signé à droite : *B.-C. Koekoek, Eugène Verboekhoven.*

Bois. Haut., 60 cent.; larg., 48 cent.

KOEKOEK (B.-C.)

45 — *Le Laitier.*

Signé à gauche.

Bois. Haut., 23 cent.; larg., 34 cent.

KNYFF (De)

46 — *Marine.*

A droite, le timbre de la vente.

Toile. Haut., 82 cent.; larg., 58 cent.

LENFANT DE METZ

47 — *Les Petits Pêcheurs.*

Signé à droite.

Bois. Haut., 38 cent.; larg., 23 cent.

LINT (A.)

48 — *La Classe des petits.*

Signé à droite et daté : *1897.*

Toile. Haut., 48 cent.; larg., 70 cent.

LOBRICHON (C.)

49 — *La Voiture d'enfants.*

Signé à gauche.

Bois. Haut., 28 cent.; larg., 54 cent.

LOBRICHON (C.)

50 — *Enfants jouant sur la plage.*

Signé à droite.

Bois. Haut., 29 cent. ; larg., 52 cent.

LOFFLER

51 — *La Recommandation.*

Signé à gauche.

Toile. Haut., 42 cent ; larg., 32 cent. ·

LUMINAIS

52 — *L'Abreuvoir.*

Signé à gauche.

Bois. Haut., 25 cent.; larg., 18 cent.

MEYER VON BREMEN

53 — *Le Marchand de marrons.*

Signé et daté : *Berlin, 1873.*

Toile. Haut., 46 cent.; larg., 37 cent.

MIRALLÈS (G.)

54 — *La Répétition.*

Signé à droite.

Toile. Haut., 52 cent.; larg., 73 cent.

MIRALLÈS (G.)

55 — *Le Billet doux.*

Signé à gauche.

Toile. Haut., 71 cent.; larg., 50 cent.

MIRALLES (G.)

56 — *L'Entretien galant.*

Signé à droite.

Toile. Haut., 54 cent.; larg., 69 cent.

MIRALLÈS (G.)

57 — *Les Saltimbanques.*

Signé à gauche.
Salon de 1898.

Toile. Haut., 46 cent.; larg., 80 cent.

MONTICELLI (Attribué à)

58 — *Les Baigneuses.*

Bois. Haut., 52 cent.; larg., 42 cent.

NAZOU (H.)

59 — *Marine par un temps d'orage.*

Signé à droite.

Bois. Haut., 23 cent.; larg., 42 cent.

NOTERMAN

60 — *La Course des singes.*

Signé à gauche.

Bois. Haut., 32 cent.; larg., 45 cent.

OLIVIÉ (Léon)

61 — *Mère pesant son enfant.*

Signé à droite.

Toile. Haut., 70 cent.; larg., 58 cent.

OLIVIÉ (Léon)

62 — *Enfant donnant de l'herbe à des lapins.*

Signé à gauche.

Toile. Haut., 50 cent. ; larg., 60 cent.

OMMEGANCK (B.)

63 — *Berger et animaux au repos.*

Signé à gauche.

Bois. Haut., 40 cent.; larg., 30 cent.

OMMEGANCK (B.)

64 — *Moutons au repos.*

Bois. Haut., 28 cent.; larg., 40 cent.

PALIZZI

65 — *Bergère gardant un troupeau de chèvres et de moutons.*

Signé à droite.

Toile. Haut., 32 cent.; larg., 45 cent.

PALIZZI

66 — *Moutons au repos.*

Signé à droite.

Toile. Haut., 47 cent., larg., 65 cent.

RICHET (L.)

67 — *L'Abreuvoir.*

Signé à droite.

Bois. Haut., 39 cent.; larg., 45 cent.

RICHTER (Ed.)

68 — *L'Odalisque.*

Signé à droite.

Toile. Haut., 69 cent.; larg., 46 cent.

ROBBE (L.)

69 — *Bergère et moutons sous bois.*

Signé à droite.

Toile. Haut., 51 cent.; larg., 87 cent.

SANI (A.)

70 — *La bonne sauce.*

Signé à droite.

Toile. Haut., 32 cent.; larg., 40 cent.

SCALBERT

71 — *Hommage au dieu Pan.*

Signé à gauche.
Salon de 1898.

Toile. Haut., 82 cent.; larg., 58 cent.

SCHENCK (A.)

72 — *Moutons dans la montagne.*

Signé à droite.

Toile. Haut., 43 cent.; larg., 64 cent.

SCHENCK (A.)

73 — *Bergère et ses moutons ; effet de soleil couchant.*

Signé à droite.

Toile. Haut., 42 cent.; larg., 5o cent.

SCHENCK (A.)

74 — *Moutons dans la neige.*

Signé à droite.

Toile. Haut., 35 cent.; larg., 5ı cent.

SCHLOESSER

75 — *La Leçon de chant.*

Signé à gauche.

Toile. Haut., 37 cent.; larg., 45 cent.

SCHREYER (A.)

76 — *La Chasse au pélican.*

Signé à droite.

Toile. Haut., 40 cent.; larg., 56 cent.

SEMENOWSKY

77 — *Jeune fille brune.*

Signé à droite,

Bois. Haut., 37 cent.; larg., 26 cent.

SOUSTAU (S.)

78 — *Chez le photographe.*

Signé et daté : *1890.*

Toile. Haut., 60 cent.; larg., 72 cent.

Salon de 1890.

TOULMOUCHE

79 — *Jeune femme regardant deux per-
ruches.*

Signé à gauche.

Toile. Haut., 60 cent.; larg., 40 cent.

TROUILLEBERT

80 — *Un Chemin creux.*

Signé à droite.

Toile. Haut., 52 cenᵗ.; larg., 36 cent.

TROUILLEBERT

81 — *Bords d'étang.*

Signé à gauche.

Bois. Haut., 25 cent.; larg., 35 cent.

VAZQUEZ (C.)

82 — *Premier amour.*

Signé à gauche.

Toile. Haut., 5o cent.; larg., 72 cent.

VERNON (Paul)

83 — *Les Italiennes.*

Signé à gauche.

Bois Haut., 35 cent.; larg., 22 cent.

WEISZ (A.)

84 — *Les Cadeaux de fiançailles.*

Signé à droite.
Salon de 1890.

Toile. Haut., 1 m. 12 ; larg., 76 cent.

Tableaux Anciens

BERGHEM (Attribué à Nicolas)

85 — *L'Abreuvoir.*

Toile. Haut., 5o cent.; larg., 58 cent.

BERGHEM (D'après Nicolas)

86 — *Le Passage du gué.*

Bois. Haut., 3o cent.; larg., 35 cent.

DUJARDIN (Attribué à Karel)

87 — *Le Charlatan.*

Bois. Haut., 37 cent.; larg., 48 cent.

HEEM (Attribué à David de)

88 — *Fleurs et nature morte sur une table de marbre.*

Toile. Haut., 36 cent.; larg., 47 cent.

OSTADE (Genre d'A. van)

89 — *Le Joueur de vielle.*

Bois. Haut., 46 cent.; larg., 37 cent.

POELENBURG (C. van)

90 — *Le Festin des nymphes.*

Bois., Haut., 31 cent.; larg., 40 cent.

POELENBURG (C. van)

91 — *Nymphes au bain.*

Bois. Haut., 30 cent.; larg., 40 cent.

RAPHAEL (D'après)

92 — *La Belle Jardinière.*

Toile de forme ovale. Diam., 28 cent.

REMBRANDT (Genre de)

93 — *Portrait d'homme.*

> Toile. Haut., 54 cent.; larg., 43 cent.

RUBENS (D'après)

94 — *Suzanne au bain.*

> Peinture sur métal.

> Haut., 49 cent., larg., 64 cent.

VAN DYCK (Philippe)

95 — *Adoration des Mages.*

> Bois. Haut., 44 cent.; larg., 32 cent.

ECOLE DE RUBENS

96 — *La Sainte Famille.*

> Bois. Haut., 39 cent.; larg., 47 cent.

ECOLE HOLLANDAISE

97 — *Cérès.*

> Toile. Haut., 50 cent.; larg., 41 cent.

ECOLE FRANÇAISE

98 — *La jeune Fille à l'oiseau.*

Toile de forme ovale. Haut., 64 cent.; larg., 52 cent.

ECOLE FRANÇAISE

99 — *La Femme au perroquet.*

Toile. Haut., 32 cent.; larg., 22 cent.

ECOLE ITALIENNE

100 — *La Vierge et l'Enfant Jésus.*

Bois. Haut., 45 cent.; larg., 31 cent.

———

101 — Un lot de cadres.

102 — Gravures anciennes et modernes.
Ce lot sera divisé.